笹田かなえ句集

お味はいかが？

東奥日報社

目次

前菜

七二句

立春の雨のたとえば応挙の絵
新しい恋　新しい靴が要る
セーターをほどくみたいに逢いましょう

猫も豆もうすぐらいところが好き

夢に見る猫はわたしの夢をみる

立ち位置が椿水仙ねこやなぎ

またひとつ椿に咲いてくれました
指先を気遣うように水乾く
三月の森が斜めに伸び上がる

いまそかり夜のほとりのひな祭り

不器用でのん気できれい薬指

江戸紫古代紫ゆきずりの

ひだまりのねんねんころり水たまり

古い道古い神社につきあたる

寒いはずだわさびの花が咲いている

その全部春へと曲がるウィンカー

誰か来る　誰も来ないでほしいのに

菜の花菜の花ゆらゆらとくる陰陽師

トコトコトコ夜通し地下を走る花
待ってと言って待ってもらってもどかしい
足元を見られぬように少し浮く

ワンピースふわりときっといい知らせ

神さまを赦してあげる愛してあげる

泣きに行く　たんぽぽ綿毛紙芝居

そんなこと言ったら雨の木曜日
ガーベラの交差する茎水の中
図書館の裏にハーモニカの時間

楠若葉　周囲に声の洩れぬよう

不確かで確かでいまのあたたかさ

啼き声を言えば亜麻色ほととぎす

そのまんま泣きだしそうにおじぎ草

海を見たサンダルでしょう軽い音

蛇いちご蛇になったら食べられますか

街角が多い探偵物語

ひょうたんのくびれ河童の腰の線

海千山千　出汁の濃さなら負けません

シャボン玉割れる神さま噂をしたの
のみこんでしまえば青くなる夜景
朝顔が夜に咲いたら私です

少しだけ濁ってやさし金魚鉢

ちょうつがい夜をはさんで開かない

引き出しが乙女の段で引っかかる

男なら太めの縞になさいまし
そんなこと言っても蛾は蛾蝶は蝶
紅花のあかくあかくと搾られて

木の影がだんだん長くなる　逢える

サルビアの蜜サルビアの口で吸う

一夜また一夜辛口淡麗酒

置く所に置けば濃くなる木の匂い

胡蝶蘭うつむきかたを考える

ドロップが酸っぱいこれから時間

心配です　切り取り線をちぎるとき

道化師の左目スパンコールの眼

虫流す排水管は暗いだろうな

粛々と氷温室のなまごろし

伏せてあるコップ小さなわだかまり

テーブルの下からしのび寄るとばり

真夜中へ穴を掘ってはいけません

耳たぶのあたりに溜まるないがしろ

にっぽんのおしめり源氏物語

鬼はもう鬼の棲家に帰ったか

わたしです裏に手ずれのあるカード

たそがれはぬめりを帯びて膝に乗る

全身で泣く透明な傘のひと

雨止んで境界線を深くする

階段をカンカン降りる寒がり屋

きさらぎのどこを押してもあかずの間
すきだらけの手に溶けていくぼたん雪
指先の雪往きくれてユキヤナギ

霧晴れてひとりに気づく橋の上
ずーっと目を上に上にと涙に溶ける
見えないかもしれないけれど、笑顔です

サラダ

七二句

新しい物語だな水の音

はつなつの蔦にまみれていく旧家

電線を這うあんな蔦こんな蔦

さくらさくらみどりに熟れていくところ

万年が覆いかぶさる五月闇

五月闇　ちょっと唇借りるわよ

あらかたのものに胡椒を振って夏

赤いくだもの青いくだもの夏が来る

ナツメ球灯して眠る桜桃忌

約束の白かもしれぬ雨季の花

吐く息をしばし見送る湿地帯

草いきれ木馬の首の見え隠れ

くちびるを切るかも知れぬ草の笛

雨季の花匂って夜の青さかな

うす青の影を残して魚逃げる

潰れるまでは確かにトマトだった　赤

キスキスキススパイスが効いてくる

サーカスがくるよさみしいひとがくるよ

清姫のうしろ姿の深緑

にんにくのユリ科ネギ属おしだまる

口つけたところの曇り夏屋敷

そう言えばお腹を見せて死ぬ金魚

小石でも踏んだみたいな空の青

下駄で来るひとに枝豆ゆでておく

かたわらを水が流れる誕生日

お互いの青にまみれるクローバー

私たちかくまうように昼の月

ものすごい緑のままで枯れていく

月見草きょうは目につくうすぐもり

水面と遊んで帰らない小雨

飛べるかもしれない秋の扇風機

海渡ル尊娜尓六歳秋ノコト
（尊娜尓（ズンナ）新疆ウイグル自治区からやってきた少女）

歯がゆくて紫なんで雨なのよ

雨の音がしじゅうしていた秋の部屋
水たまり空の続きを覗きこむ
しゃぼん玉よもつひらさかうすぐもり

どこまでがおとぎ話かきつね雨
足首がしびれる影が遠去かる
せっけんの匂いほのかに有耶無耶に

マヨネーズ、ソース、ケチャップをかけて奪う

海底に抜けてしまった非常口

アスファルト地球はきっと息ぐるしい

せみしぐれ　心が狭いのは家系

くるぶしのあたりで変わる水の色

血の薄い家へと続く石の門

突き当たるところに遠野物語

ナイフ一閃　芒洋と川流れるよ

適当にって言われた雨の匂いがした

大根の白もさみしいもののうち

幸せが続くとバスが来なくなる

ふくらはぎ悪い予感にきゅっとなる

猫帰る冷えた足音しのばせて

新月のすべては濡れて就く眠り

どこからか螺子を巻く音屋敷町

なまざかななまあたたく売れ残る

目を開けて眠る柿の木・林檎の木

オルガンに脂が浮いてくる深夜

雪あかり通りすがりのように逢う
わたくしを差し出す時のつめたい手
つんと鼻まぶしいものを嗅ぎ分けて

きさらぎの水が淵まで石の池

飛び飛びに猫の足跡春の泥

プランクトンの名前をいくつ言えますか

さっきまで風だったのはあなたでしょう

押し花のあっかんべぇーと咲いている

あらましは水の濁りの中にある

椿の実落ちたところに椿の木

嬉々として三月それも尾根づたい

ひとごろし従いてきそうなうすぐもり

なるようになればなったで竹の秋

食べる寝る喜ぶ怒る散歩する

花吹雪ガラスコワレテイマセンカ

スープ

七二句

わたくしを続けるための深呼吸

うさぎ抱くころしてしまいそうに抱く

首すじに森を通ってきた匂い

迷彩服の目立ちたくない目立ちたい

サーカスのうしろ姿は百合でしょう

紫陽花を咲かせる声にしてください

月見草　月のいもうとかもしれぬ

蔓バラの根よりふらちに伸びる蔓

窓すこし開けて夜空を深くする

蕎麦の花　いまの私のせいいいっぱい

あらかじめのひとつだったらコンセント

取り皿に取り分けられる上の空

揃わなくなって楽しい笛・太鼓
うたた寝へちょっとおでかけしませんか
下駄の緒のきつさが下駄のいいところ

ひざこぞうもねずみこぞうも夜が好き

蒼天や卑しむ心卑しんで

さみしそうだから引き出し開けましょう

ファスナーの向こう三軒両隣

紫の舌打ちをして通草が熟れる

夕焼け小焼け誰がお空をころしたの

ことさらに語尾はあいまい秋灯下

わたくしを見守るチャランポランの木

神さまの休日にふる真っ赤な実

いらっしゃい　眠りに落ちる眼の色で
水の音させてくるからずるいから
寒くないかというようにふり向かれ

なぜって訊く前に走って行っちゃった
ラッピングほどの笑顔は作れない
縫うでなく繕うでなく刺繍針

いないいないばあと剥かれるゆで玉子

鯖の青　平穏無事を疑おう

往来をのんびりと見るひとさらい

てがかりが高いところで濡れている
ななかまど至る所に非常口
くちびるにちからをこめて壊れます

雪になる鬼さんこちらみたいにも

夜を編む毛糸を買ってくださいな

水差しを置いても揺れる鏡の間

遊郭だった場所から暗くなっていく
一秒に満たない昔です、落ち葉
山道を行こうとすれば山が邪魔

どこでもドアときどき雪の降る海へ

木蓮の蕾を抱いて雪が止む

目の前の遠い記憶の物理Ⅱ

むきだしの機械の部品夜が明ける

運ばれて行くのがわかる夜の凪

3・11　原初の星を見ていたり

燎原の海の足跡なかんずく

にらめっこしましょう少し無理をして

回線が繋がるように靴をはく

三月ににじむ太くて黒い線
いがっらぽい陽射しベクトルシーベルト
ともだちのともだちが東電にいる

原発を脱いで帰っていらっしゃい
三月をさがし続けるカレンダー
カーテンの隙間で苦くなる光

できるだけ早く短く行く流れ
声をだしてはいけないようにフェルメール
正体をあらわすときの水の音

やっかいなものをつかめばなまぬるい

飲み残す水生臭く春暮れる

何歳までを夭折という花曇り

ひらがなはうわ向きかげん春うらら

するすると蛇のぼりゆくさくら咲く

手鏡の奥へ奥へと春の馬

見たままのことを言ったらおぼろ月

ポピーポピーみだりにお庭出ちゃ駄目よ

赤ちゃんが泣く　プルタブの下で泣く

つぎはぎのたったひとつのねがいごと

げんごろう探せば濁る沼の水

名指しされそうで椅子から立ち上がる

メインディッシュ

七二句

くるぶしのますます白く位置に着く

目がしらがまるみを帯びる綻びる

にんにくの匂いを消しに岬まで

酔芙蓉　芙蓉　ぬらりと石畳

スタンプとスタンプ台とひとつとこ

秒針にやさしい刻を削られる

くらやみにはずせばボタン光りだす
あどけなく弱いところがもりあがる
切り札にしても背中の撞木鮫

くちびるを溶かすくちびる待ちにけり

百のキス百のくらげの泳ぎたる

もう落ちる落ちると充実の木の実

紫の椅子抱かれたら抱き返す

わるいひとだ日向の匂いするひとだ

仰向けに見たる月かなカモメかな

またちがう私になれるさせられる
少しでも動けば消えてしまう　今
あとかたもなく完全なひとつだよ

濡れたものの上にぬれたものを置く
まだ濡れていないところのあるように
水溜めて水の匂いのするくぼみ

真ん中に楔打たれし花図鑑

入れ替える体の向きや天の川

私から水はあふれてうろおぼえ

指さきの痛いところで見失う
あと腐れなくじゃがいもが煮崩れる
逢ってきた目もとに夜を棲まわせて

完璧な黒が私を眠らせない

万葉の木からとめどなくしずく

雨続く今日見たことは今日話す

ふたをしても溺れる気配隠せない
笛の穴ふさがれていく水あさぎ
あのひとの首が欲しいのお月さま

草はすぐ生えるし今日は逢えないし

濃い緑濃い青心乞うように

こいびとの恋のかたちになれるか　なれる…

うっとりと火の見やぐらに立っている

たてがみが濡れる口笛遠く聞く

月の下私にけものへんがある

バスタオル秋を含んでやや重い

ひざに置く荷物が冷える神無月

知りすぎた干ししいたけの戻し汁

誰でもの誰に私はいないでしょう

かみそりが振り向くたびに眼に入る

神無月暗いところで弾む毬

離れ住む間を縫って冬木立

目に耳に口にも入れる雪のこと

メリークリスマスうちのめんどり知りませんか

もうろうと雪かうさぎかわからない

寒雷やけものであったころの耳

きさらぎのしのび笑いの腕まくら

二月尽指紋をなくすように触れ

花冷えの庭にきている後鳥羽院

たわわにもまばらにも闇春が来る

うるし闇ヌードのくちびるを灯す

柱から柱へ夜の伝い来る

くろぐろとガラスの箱に閉じこもる

陽炎を踏んで男を踏んで　夏

びわをむく窓の向こうはいつも夜

風鈴を続けるための風だもの

かなかなや用心棒を募集中

月見草　闇を歩いて来たんだね

黒い髪だった性感帯だった

浴衣からしまわれていく夏のこと

土用波ふいに目隠しはずされる

来るひとの後ろ姿や晩夏光

切り口に合うのは切った刃のかたち

人形の落ちた気配のある窓辺

妖怪になるか外郎でもいいか

闇市の紫だから赤だから

一日中着ていて肉の匂う服

影踏みの影はまだある時間割

デザート

七二句

入口が光って入りにくいのよ

回想の細く流れる水の音

木蓮の白亜紀からのものがたり

左手は添えるだけですヒヤシンス

言いたい人には言わせておくわアメジスト

おのぞみのものは箪笥の三段目

液晶のアドレス夜が溶けていく
銀細工取り残されていくばかり
夜桜のゆき止まりには駐車場

軽い恩返す結び目ひとつ解く

空キカンは空キカン入れで遊びます

ここからは摺師の仕事青葉闇

羊歯ゆれるもう帰れない森がある

だからってすぐに火のつく夏のバカ

トロピカルフルーツ吠えたあとがある

ふくんだらなまぬるそうな緑だわ

七月の雲　花魁の洗い髪

神さまのやさしさ桃の持ちおもり

ふいの恋のためにも傘を忘れない
クレヨンで消すクレヨンで描いた道
シナモンはお嫌い？　左ばかり見て

大人には大人のおやつ蛇いちご

向日葵の傾くままに行きなさい

晩夏光　緑の奥の息遣い

桃たべて林檎をたべてパーフェクト

風鈴をはずした手から秋になる

スペードの女王に秋のシルエット

「行基です」秋の小声に振り返る

すっぴんで歩くいちめん赤まんま

紅葉してまだまだ秋を遊ぼうね

水底にしのび笑いは絶えずして

果実から果汁へ秋の昼下がり

夕茜　あてずっぽうを生きている

薄倖の似たり寄ったり秋の花

急ぎますか　秋の終わりを見ませんか

神無月　その目その目と目を合わす

目かくしをはずせば秋はもういない

ハンプティダンプティ月の下行くおまじない

木の椅子の木の背もたれの木のくぼみ

うたかたよ千年杉の千年後

水に浮くなかったことにしてみても

沿線に伸びて縮んでいる深紅

また来てね今度は水の音で来てね

長い雨追ってお返事いたします

「果物」と書く時ちょっと手が濡れる

いつまでもさっき聞こえた水の音

暗黙の了解があるしおりひも

サーカスが来ている町は眠れない

絵の中の林檎は蜜のある林檎
満月光森はくまなく濡れている
桃色の金平糖の内緒だよ

甘ずっぱくなくなったから遊ばない
思い出し笑い甘酒あたためて
玄冬の底からにじむ水あかり

パイプ椅子たたんでみんな森を出る

ドリアンを食べる予定のある来世

全問解答　そろそろ帰る時間だね

ティーカップみんな小さな傷がある

もろもろの冬の芥の冬の池

出発は地図の途切れたあたりから

アフリカの力を借りて甦る

ノブのないドア水のない水たまり

鏡拭く雪降る夜のかたすみで

くちびるの輪郭ぼかし雪を待つ

しあわせなことにするめになれました

冬の駅　月とワンマン乗車口

ほとんどが降りてしまった汽車に乗る
釘で引く線　これっきりこれっきり
くるぶしを乗せた船なら出ていった

索引にあるのはみんな過去のこと

足跡がお菓子の家で消えている

ごきげんよう　桃はひとまず冷蔵庫

あとがき

この本を手に取ってくださいまして、本当にありがとうございます。

「笹田かなえ」は本名ではありません。川柳の師、天根夢草先生からつけていただいたペンネームです。今では、本名よりも多く呼ばれるようになりました。

時実新子先生の「有夫恋」のヒリヒリするような句を読んだことが川柳を書こうと思ったのがきっかけでした。三十代の後半のことです。以来、二十余年書き続けてきました。

今回、句集を編むにあたって古い発表誌を読み返してみたところ、その頃とあまり変わっていない自分に気がつきました。身の回りの小さな世界から生まれる川柳は、拙く覚束なく、未熟で未完成な自分を恥じ入るばかりです。でも、そんな未熟で未完成だからこそ続けてこられたのかもしれません。

川柳を通じてたくさんのともだちができました。初めて会ったひとでも、すぐともだちになれるのが、川柳の不思議のところです。

また、家族には迷惑のかけ通しでしたが、多分、これからもそんなマイペースで書いていくのだと思います。

最後に、この度、諸先輩の方々と一緒に「東奥文芸叢書」に参加させていただきましたことに、深く感謝申し上げます。

平成二十七年三月

笹田かなえ

著者略歴

笹田かなえ（ささだ　かなえ）

一九五三年青森県野辺地町生まれ。本名滝沢真智子（たきざわ　まちこ）。一九九〇年時実新子句集「有夫恋」を読んだことがきっかけで川柳を始める。最初の四年ほど、天根夢草先生との往復書簡により、川柳の指導を受ける。その方法は、私が書いた川柳を天根先生に送ると先生はその句に対して、○や◎や△と少しのコメントを入れて返してくれるというもの。一九九四年句集「水になる」「父へ」を上梓。所属「川柳展望社」「川柳文学コロキュウム」「あさひな吟社」「おかじょうき」「連衆」。

住所　〒〇三一―〇〇五六
青森県八戸市新荒町七

東奥文芸叢書　川柳15

笹田かなえ句集　お味はいかが？

発　行　二〇一五（平成二十七）年三月十日
著　者　笹田かなえ
発行者　塩越隆雄
発行所　株式会社　東奥日報社
〒030-0180　青森市第二問屋町3丁目1番89号
電　話　017－739－1539(出版部)
印刷所　東奥印刷株式会社

ISBN－978－4－88561－186－5　C0092　￥1200E

東奥日報創刊125周年記念企画

東奥文芸叢書　川柳

高田寄生木　**千島　鉄男**
岡本かくら　**岩崎眞里子**
渋谷　伯龍　**髙瀬　霜石**
野沢　省悟　**工藤　青夏**
むさし　**千田　和美**
斉藤　劦　**須郷　井蛙**
佐藤　古拙　**角田　古錐**
笹田かなえ　福井　陽雪
滋野　さち　鳴海　賢治
斎藤あまね　内山　孤遊
（第一次配本20名、既刊は太字）

東奥文芸叢書刊行にあたって

青森県の短詩型文芸界は寺山修司、増田手古奈、成田千空をはじめ日本文学界をリードする数多くの優れた文人を輩出してきた。その流れを汲んで現代においても俳句の加藤憲曠、短歌の梅内美華子、福井緑、川柳の高田寄生木など全国レベルの作家が活躍し、その後を追うように、新進気鋭の作家が次々と現れている。

1888年（明治21年）に創刊した東奥日報社が125年の歴史の中で醸成してきた文化の土壌は、「サンデー東奥」（1929年刊）、「月刊東奥」（1939年刊）への投稿、寄稿、連載、続いて戦後まもなく開始した短歌・俳句・川柳の大会開催や「東奥歌壇」、「東奥俳壇」、「東奥柳壇」などを通じて、本州最北端という独特の風土を色濃くまとった個性豊かな文化を花開かせてきた。

二十一世紀に入り、社会情勢は大きく変貌した。景気低迷が長期化し、核家族化、高齢化がすすみ、さらには未曾有の災害を体験し、その復興も遅々として進まない状況にある。このように厳しい時代にあってこそ、人々が笑顔と元気を取り戻し、地域が再び蘇るためには「文化」の力が大きく寄与することは間違いない。

東奥日報社は、このたび創刊125周年事業として、青森県短詩型文芸の優れた作品を県内外に紹介し、文化遺産として後世に伝えるために、「東奥文芸叢書（短歌、俳句、川柳各30冊・全90冊）」を刊行することにした。「文化」の力は地域を豊かにし、世界へ通ずる。本県文芸のいっそうの興隆を願ってやまない。

平成二十六年一月

東奥日報社代表取締役社長　塩越　隆雄